LES
FLÉAUX DE DIEU

POÉSIE

PAR LOUIS BARTHÉLEMY

PRÉCÉDÉE D'UNE LETTRE DE

JEAN REBOUL

à l'auteur

MAI 1850

METZ

Mme JEUQUIN, LIBRAIRE-ÉDITEUR

rue des Jardins

LES
FLÉAUX DE DIEU

POÉSIE

PAR LOUIS BARTHÉLEMY

PRÉCÉDÉE D'UNE LETTRE DE

JEAN RÉBOUL

à l'auteur

MAI 1850

METZ

Mme JEUQUIN, LIBRAIRE-ÉDITEUR

rue des Jardins

1850

METZ. — IMP. S. LAMORT.

Les deux pièces de vers qu'on trouvera plus loin ont été présentées par l'auteur au concours annuel ouvert, à Toulouse, par l'Académie des Jeux Floraux. Toutes deux — malgré la maladresse d'un copiste qui substitua des expressions de son cru à des mots illisibles du manuscrit — ont obtenu des **MAINTENEURS** dans la **FÊTE DES FLEURS,** le 3 mai, une mention honorable.

A MONSIEUR LOUIS BARTHÉLEMY, A METZ.

MONSIEUR,

Je ne suis plus représentant, et votre paquet ne m'est parvenu que par hasard. Ce n'est qu'accidentellement que je me trouve à Paris. Quoi qu'il en soit, Monsieur, je suis heureux de l'avoir reçu et je vous remercie d'avoir bien voulu mettre mon nom en tête de vos beaux vers; c'est une marque de sympathie aussi douce au poète qu'au chrétien qui, hélas! partagent toutes vos appréhensions et tous vos regrets.

J'ai l'honneur d'être, Monsieur,

Votre dévoué serviteur et admirateur,

J. REBOUL.

Paris, ce 24 avril 1850.

LES FLÉAUX DE DIEU.

A JEAN REBOUL.

Seigneur, vous avez brisé dans votre colère
ceux qui s'élevaient contre vous.

Cantique de Moïse.

I.

C'était le soir : l'orgie hurlait sous les portiques ;
Le palais regorgeait de prostitution.
Aux sons des sistres d'or et des hymnes lubriques,
L'ivresse s'accouplait à la corruption.
Balthasar, ce soir-là, célébrait sa victoire.
Écumant d'athéïsme et saturé de gloire,
Du temple d'Israël il souillait les trésors.
    A des lèvres profanatrices,
Le blasphème à la bouche, il livrait les calices
Où lui-même buvait la débauche à pleins bords.

Tout à coup pour venger ce hideux adultère,
Que le tyran consomme entre ces murs géants,
Éclate, tonne et gronde un sourd et long tonnerre :
L'éclair luit, fend la voûte et ses cintres béants.
Secouant coups sur coups ce palais de scandale,
Le Seigneur, en trois mots, de sa main colossale,

Inscrit l'arrêt de mort du roi profanateur;
    Et saisis d'une horreur profonde,
Femmes et courtisans, troupeau vil, tourbe immonde,
Murmuraient, éperdus : « Malheur sur nous! malheur! »

« Accourez, accourez, prêtres de mon empire,
» Oracles de Baal, sages, devins d'Assur!
» Qui d'entre vous pourra, sans trembler, me traduire
» Les trois mots lumineux gravés là, sur le mur? »
Et les bras étendus, haletant d'épouvante,
Balthasar indiquait l'énigme flamboyante
Aux devins imposteurs convoqués dans la nuit.
    Mais chacun d'eux, baissant la tête,
Ébloui, confondu, se taisait, faux prophète,
Et fuyait sans donner de réponse au maudit.

II.

Les fleuves débordés ont englouti nos villes;
Le Gange a, sur nos champs, dispersé ses poisons;
Le sol s'est entr'ouvert, et des vents infertiles
Ont détruit nos troupeaux et séché nos moissons.
A ces nombreux fléaux joignant les siens, la guerre
D'un déluge de sang a recouvert la terre ;
Le sophisme a troublé le monde épouvanté;
    Secouant la charte commune,
L'anarchie a tenté d'envahir la tribune ;
Tout s'est montré tyran, jusqu'à la Liberté!

Lois, paix, ordre, tout meurt! — « A vous, prêtres, oracles,
» A vous d'interpréter ces signes effrayants!
» Parlez! quel est l'auteur de ces affreux miracles?
» Quel doigt sur l'horizon les grave flamboyants?

» Pourquoi ce sang, ces cris, ce fracas, ces ravages? »
Ainsi le siècle a dit, en invoquant ses sages,
Ainsi s'est écrié le grand profanateur.
        Et, du ciel niant la vengeance,
Ses sages interdits ont gardé le silence
Et n'ont point reconnu le doigt d'un Dieu vengeur!

III.

Or voici ce qu'a dit le Seigneur au poète,
Quand, dans sa veille ardente, au milieu de la nuit,
Il agite, inspiré, l'avenir en sa tête;
Écoute mes accents siècle athée et maudit :
« J'ai vengé, m'a dit Dieu, mon autel qui s'écroule;
» J'ai vengé mon saint nom que blasphème la foule.
» Les méchants ont appris combien pèse mon bras!
        » Ainsi l'a voulu ma justice.
» Va, fais tonner sur eux ta voix accusatrice! »
— « Hélas! Dieu tout puissant, ils ne me croiront pas! »

Et soudain j'entendis une voix désolée
Qui s'écriait : « Seigneur, des maîtres insolents
M'ont, à des animaux, sous le joug accouplée.
L'oublieux Pharaon fait périr tes enfants.
Les écrasant du poids de son injuste rage,
Il détruit de Jacob l'immortel héritage,
S'abreuve de leur sang, se rit de leurs malheurs.
        A mes plaintes prête l'oreille;
Arme-toi, Dieu vengeur; que ton courroux s'éveille
Et qu'il juge entre nous et nos persécuteurs! »

La voix se tut. Alors (était-ce un vain mirage?)
Je vis le Nil fumant ensanglanter ses bords.
Il s'élance, il écume, il gronde, et sur la plage
De ses flots corrompus vomit les poissons morts.
Où fuir? Tous les fléaux s'abattent sur la terre
Insectes dévorants, peste, aquilons, tonnerre,
L'astre du jour pâlit et voile son flambeau :
    Le ciel se roule comme un livre,
Et le Dieu fort, le Dieu qui fait mourir et vivre,
Plonge les premiers nés dans la nuit du tombeau.

Silence ! Une autre voix traversant l'étendue,
Râlante, monte au ciel, comme un plaintif adieu.
Une vapeur de sang, obscurcissant la nue,
La devance et parvient jusqu'au trône de Dieu.
« Je vais mourir ! pitié ! pitié, Seigneur, dit-elle.
» Mon courage est à bout et ma force chancelle.
» Dix persécutions ! oh ! c'est assez souffrir !
    » Aux coups de la hache romaine,
» Aux flammes du bûcher, aux tigres de l'arène,
» Mes fils, jusqu'au dernier, devront-ils donc s'offrir? »

Non, église du Christ ! non, car ton époux veille ;
Il veille et va broyer tes bourreaux sous son pié.
Ne dis plus en ton cœur qu'immobile il sommeille ;
Regarde, il s'est levé terrible et sans pitié !
Barbares, armez-vous, anéantissez Rome !
Pour en purger le sol c'est vous que le ciel nomme.
En avant ! Il le veut ! Vengez-le ! Vengez-vous !
    Dieu ! les voici... stupeur profonde !
Ardents à la curée, ils dévorent le monde
Qui râle, agonisant, sous leurs nerveux genoux.

« Mon église est fondée, as-tu dit, sur la pierre.
» Eh bien ! soutiens-là donc, architecte puissant !
» Elle croule... Déjà la moitié de la terre
» Va tomber, malgré moi, dans les mains de Satan.
» Pour son vil protecteur corrigeant l'Évangile,
» Un moine d'Allemagne, à mon joug indocile,
» Brave, en crachant sur toi, mon interdit vengeur :
     » Il fausse ta sainte doctrine,
» Interprète à son gré ta parole divine ;
» Seigneur, punis-le donc, ce grand démolisseur ! »

A ces accents mêlés de longs cris de luxure
Le Très-Haut, j'en frémis ! de nouveau se leva.
Comme un chaume léger dévorant l'imposture,
De sang, de cris, de pleurs, trente ans il s'abreuva.
Trente ans, sombre ouvrier, il frappa son enclume,
Versa sur l'univers, comme une immonde écume,
Les forfaits, les combats, le cahos de l'enfer.
     Trente ans, il soûla sa vengeance,
Tonna, maudit, frappa le sacrilège immense —
— Alors, baissant les yeux, je ne vis plus Luther.

« Semblable à ces tyrans, race infâme et flétrie,
» Qui jadis infusaient pour alonger leurs jours
» Un sang chaud, riche et pur dans leur veine appauvrie,
» Le siècle boit ma vie à tous les carrefours.
» Plus de culte ! Son Dieu c'est la raison humaine !
» L'exécuteur est roi, la guillotine est reine !
» D'un bras cadavéreux il renverse ta croix,
     » Tes prêtres par milliers périssent
» Et, gorgés de leur sang, les billots se pourrissent ! »
Ainsi dit, en pleurant, une dernière voix.

Aussitôt, ô malheur ! pour venger son église
Dieu vomit les fléaux, tel qu'un sombre volcan.
Au cri de liberté, la terreur s'organise ;
Napoléon paraît comme un fléau vivant.
Quinze ans, élu maudit de la sainte colère,
De son poids colossal il écrasa la terre
Et pétrit sous son pied les générations.
     Il osa tout, même le crime ;
Puis tomba, car l'abîme invoque un autre abîme,
En ébranlant le sol dans ses convulsions.

IV.

Eh bien ! demande encore, ô siècle sacrilége,
Le sens mystérieux de ces cruels fléaux !
Demande aux imposteurs que ton pouvoir protège
Quel bras verse sur toi ce déluge de maux !
Infâme ! qui riant de l'église, ta mère,
As crucifié Dieu sur un nouveau Calvaire,
Puis, fumant de débauche, engraissé de plaisirs,
     Es venu, fier de ton audace,
Comme autrefois les juifs, lui cracher à la face
Et, secouant la tête, épier ses soupirs !

Toi qui, doutant du ciel, sommeilles dans ton doute,
Condamnes la foi sainte et la mets au carcan ;
Toi qui renverses tout, culte et lois, sur ta route
Et démolis l'autel et le vends à l'encan !

Insensé, qui t'es dit ; « L'homme est une machine
» Que de son seul flambeau la raison illumine »
Toi qui lances au ciel un sarcasme moqueur,
    Et, de tes mains profanatrices,
Traînes dans les ruisseaux, comme des immondices,
La liberté, la paix et la sainte pudeur ;

Le Seigneur t'a pesé dans sa grande balance,
Il t'a pesé, pécheur, et t'a trouvé léger.
Puis n'écoutant plus rien que sa juste vengeance
T'a maudit et voué sans défense au danger.
Assez tu blasphémas !... Au tour du ciel ! Arrête !...
Que l'imprécation retombe sur ta tête !
Que tes traits meurtriers reviennent te percer !
    Meurs ! Le Tout-Puissant t'abandonne.
Tu renversas le temple en brisant la colonne,
Eh bien ! nouveau Samson, il a dû t'écraser !

. . . .

V.

Et toi, peuple du Christ, que la douleur abreuve
Race persécutée, écoute aussi ma voix :
Au ciel c'est le triomphe, ici bas c'est l'épreuve !
Pour s'asseoir près du Père, il faut mourir en croix !
Il faut lutter sans peur pour vaincre la tempête !
Il faut boire au torrent pour relever la tête !
Il faut vaincre la mort pour voler au Seigneur !
    Confiant en la voix du maître,
Courage donc ! Demain tu t'écriras peut-être :
« Gloire au Christ ! il commande, il règne, il est vainqueur !

Ce 15 février 1850.

A CHATEAUBRIAND.

A Mr Emm. MICHEL, *membre de l'Académie de Metz.*

..... Vates.
Horace.

I.

L'été, quand la nuit tombe et s'étend sur le monde,
Voilant d'or et d'azur l'immensité profonde,
Qui n'a vu resplendir dans le pâle horizon
Un astre, fleur du ciel que la nuit fait éclore,
Et puis soudain s'enfuir, passager météore,
En traçant dans la nue un lumineux sillon?

Le hardi nautonnier dont il guidait la route
Le suit des yeux, gémit, le suit encore et doute...
Hélas! il a quitté le morne firmament!
Il interroge en vain le ciel et s'épouvante...
Du ciel!... rien que du ciel... et la mer écumante!...
— « Oh! qui va me guider? » se dit-il tristement.

II.

Ainsi, chantre divin, tu délaissas la terre
Et nous as dit adieu! — Voyez-vous cette pierre
Où le flot vient gronder et l'ouragan mugir?...
Eh bien! c'est là qu'il dort, ce sublime génie!
Éblouissant flambeau d'amour et d'harmonie,
C'est là qu'il est venu, mourant, s'ensevelir!

Lui, le poète saint à la grande parole,
L'astre de notre ciel, notre orgueil, notre idole,
Qui, second Prométhé, façonna de sa main
Une muette argile et lui donna la vie,
Mêlant, l'audacieux! la flamme au ciel ravie
A la fange pétrie en un profil humain!

Lui, comme l'enfant juif jouet des flots mobiles,
Proscrit par des tribuns, pharaons en guenilles
Et sauvé du torrent des révolutions,
Afin de nous guider plus tard, nouveau Moïse,
Jusqu'à la Liberté, cette terre promise,
Où le bourreau régnait au nom des factions!

III.

Il est mort! il est mort!... — Mort?... non, car le poète
Ne meurt pas celui-là!... Non... la tombe lui prête
Des jours plus longs, plus pleins, les jours de l'avenir!
L'instant de son trépas c'est l'instant de sa gloire :
Son nom reluit plus grand au soleil de l'histoire!
Mort! lui, Chateaubriand! non, il ne peut mourir!.

Il vit toujours, il vit!... Sa voix n'est point scellée
Par le froid de la mort au fond du mausolée.
Soulevant lentement son front triomphateur,
Du silence éternel, dédaigneux, il se raille...
Mort! lui!... non! le cercueil ne va point à sa taille,
Il nous parle toujours, l'écrivain créateur!

Soit, nouveau Tertulien du muet sanctuaire,
Qu'il ose le premier relever pierre à pierre
L'édifice du Christ renversé parmi nous,
Célébrer de la croix la grandeur inconnue,
Des temples délaissés la beauté méconnue,
Et nous crier à tous : « O morts, réveillez-vous! »

Soit, Colomb inspiré des vastes solitudes,
Qu'il dise leurs sentiers si déserts et si rudes.
Et la liane en fleurs flottant au gré des vents,
Et le rouge flammant, et les bruits du vieux fleuve
Aux radeaux de verdure, où la tribu s'abreuve,
Et les voix du silence en ces sables mouvants;

Ou, Virgile chrétien, qu'il évoque l'image
D'Atala, douce fleur d'un continent sauvage,
Et jette en son récit les parfums du désert,
Le mystère des bois, les chants de la cabane,
Et nous raconte, assis dans la verte savane,
Par la voix de Réné, tout ce qu'il a souffert * ;

Ou bien qu'esprit pensif, il dise Sparte et Rome,
Et, pesant dans sa main la poussière de l'homme,

---

* On prétend que l'histoire de Réné est la propre histoire de M. de Chateaubriand.

De ces deux peuples-rois nous montre le néant ;
Ou qu'il pousse un grand cri quand il voit tes ruines,
O ville où le Sauveur donna ses lois divines,
Et que la croix domine, esclave du croissant.

Non, non, il n'est point mort !... non, il vit, le poète !
C'est pour d'autres que lui que la tombe est muette...
Écoutez... Chaste Orphé des mystiques amours,
Il chante les Martyrs et leur mort triomphante,
Et sa voix est plus haute et plus retentissante,
En peignant vos combats, chrétiens des anciens jours !

Il chante le Seigneur dont le souffle féconde,
Qui jadis d'un seul mot fit tressaillir le monde,
Et sur le Sinaï révéla sa grandeur :
Ou jette avec Moïse un brûlant anathême,
Au nom du Dieu vivant, sur Dathan qui blasphême,
Et maudit, éperdu, Judas fornicateur.

Changeant après de ton et délaissant la Muse,
Il montre au loin l'abîme aux rois que l'on abuse
Et qui pour charte et lois n'ont que leur volonté ;
Puis, à nous, il s'écrie : « Arrêtez, point de lutte !
» De vos chefs, ô Français, n'invoquez point la chute :
» Vous marchez au servage au cri de liberté ! »

Et voulant — vains efforts ! — conjurer la tempête
Qui menace le trône et sourdement s'apprête,
Il redit de nos rois le passé triomphant.
De la vieille Angleterre évoquant la mémoire,
Il nous peint des Stuarts les malheurs et la gloire,
Et tout palpite et vit sous son verbe géant.

Hélas ! pleurons... Voilà qu'étoile étincelante,
Il s'enfuit, nous laissant sans guide en la tourmente,

Il s'enfuit glorieux, sillonnant l'horizon.
Comme un cygne mourant qui languit et succombe
Ses accents sont plus doux sur le bord de la tombe,
Et son dernier chant seul peut illustrer son nom !

IV.

Lorsque, pour châtiment d'une faute légère,
Un ange est exilé du paradis sur terre,
Sa voix ravit les cœurs, son front est rayonnant ;
Son œil est un éclair, sa pensée un abîme :
Tel tu nous apparus avec ta voix sublime.
Salut, ange exilé ! salut, Chateaubriand.

12 juillet 1848.

FIN.

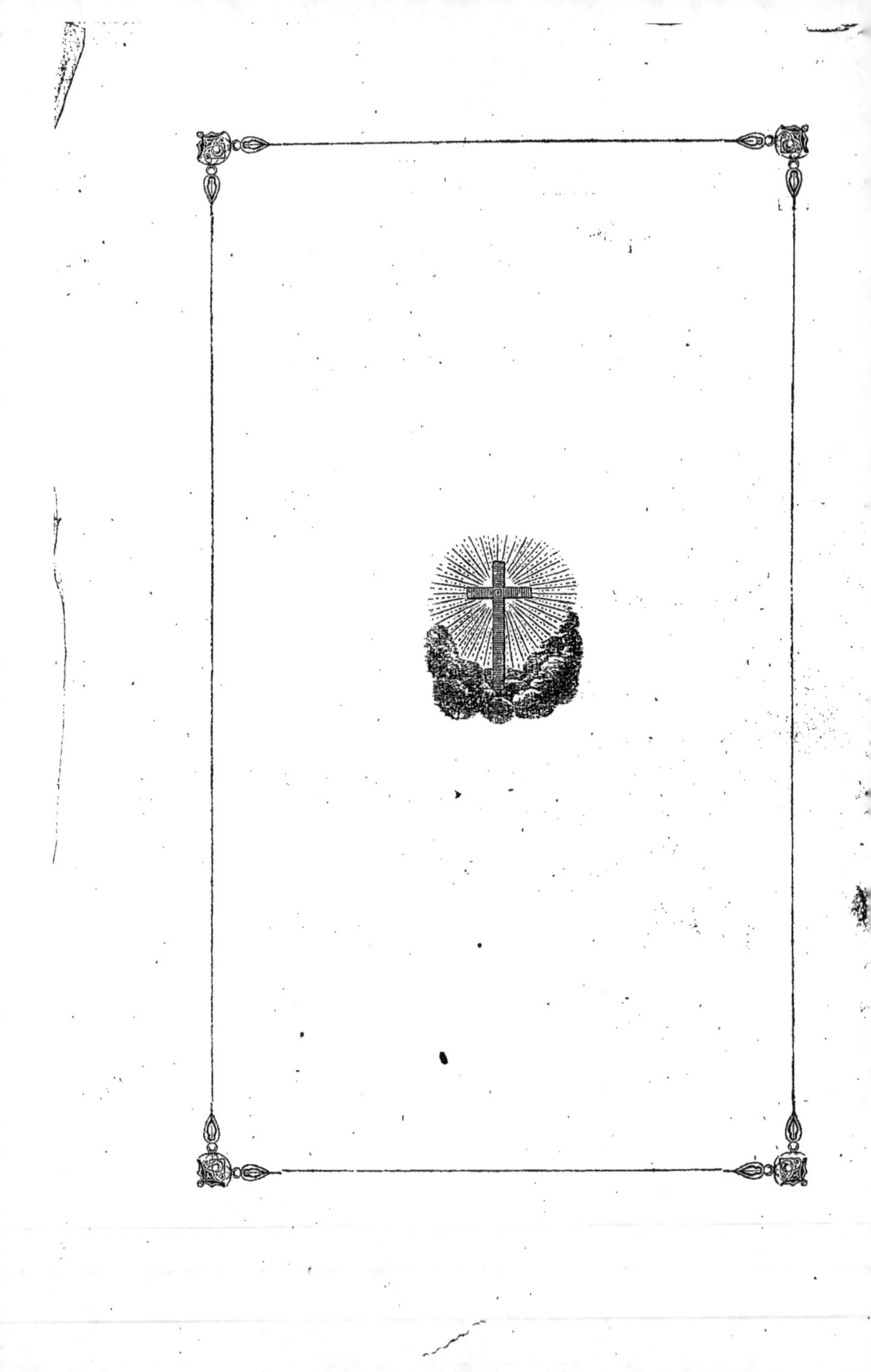